败草集

波眠 著

天津出版传媒集团
百花文艺出版社

图书在版编目（CIP）数据

败草集 / 波眠著 . -- 天津 : 百花文艺出版社，
2025. 1. -- ISBN 978-7-5306-8977-6

Ⅰ. I227

中国国家版本馆 CIP 数据核字第 20248A0C60 号

败草集
BAICAO JI
波眠　著

出 版 人： 薛印胜
责任编辑： 郑　爽
策划编辑： 彭　雪
作者照片摄影： 曹十斤
辑页插图： 胡寄尚
装帧设计： 悟阅文化
出版发行： 百花文艺出版社
地址： 天津市和平区西康路 35 号　**邮编：** 300051
电话传真： +86-22-23332651（发行部）
+86-22-23332656（总编室）
+86-22-23332478（邮购部）
网址： http://www.baihuawenyi.com
印刷： 成都市兴雅致印务有限责任公司
开本： 880 毫米 ×1230 毫米　1/32
字数： 134 千字
印张： 6
版次： 2025 年 1 月第 1 版
印次： 2025 年 1 月第 1 次印刷
定价： 65.00 元

如有印装质量问题，请与成都市兴雅致印务有限责任公司联系调换
地址：成都市金牛区沙河源街道陆家桥社区
电话：028-83181689
邮编：610000

诗歌是带墒的泥土

波　眠

我将近年陆续创作或发表的诗，收拢在这本《败草集》里。我不大会操作电脑，收集的过程中发现有些往昔创作的诗已经找不见了，已然如草叶一般散于尘埃当中，像我掉落的头发，它曾经在头顶上泛着自己血脉的光芒。

我本是农民出身，在乡下农村生活二十多年，成家生子后才进城工作，开始城里人的生活至今，我所受的学校教育也有限，所有的价值伦理认识和情感积累，都来自我的少年乡村岁月。

我写的都是亲历亲见和所思所想，那些大地上的亲人们，他们的坚韧、勤劳、柔顺，他们的善良、苦乐、不幸、无助，在商品经济时代的无所适从，似乎永远都是我关注和感念难忘的对象，我与他们本来血肉相连，他们骨子里的土地道德，对水土的敬畏是我挥之不去的精神乡愁。书中分行只是我粗略地描摹与记述，感伤叹喟，未能过多考量诗艺的别开生面或立异标新，也没有仅仅为了发表而削足适履。现在看来有些写得粗糙而平庸，也许山地间长大的我，骨子里缺少纵横与酣畅，即就是这样，那些夜灯下的短句依然有一丝隐隐的忧患和淡淡的哀愁。

泥土本来简单而朴素，深厚而神秘，它的因子元素自然形成了我诗歌地域水土、自然山色的肌体内蕴，如果我写了泥土的天籁丰饶，那也只是拙劣地从自然当中采撷和嫁接而成，这种写作我曾自嘲为狭隘的写作。一个乡下人写他的乡村图景，既顺乎自然又乐此不疲。乡土对我而言不是一个他乡人浮泛的流行概念，而是我身边绝大多数人生命的维系与存在，何去何从经常是诗歌的尽头茫然未知。对那些掏空了矿石的疲惫的山体，对变得越来越浑浊的水流，对落寞而陌生的故乡，我的积虑一直在递增；纵然有更多的人间业绩需要赞颂，但我讨厌未经生命嵌入的作秀和制作的故弄玄虚。我永远记着诗人何来老师为我诗评写的一句话：诗不关注现实，现实生活就必然不关注诗，逻辑是不是就这样简单?

在诗歌的社会性和现实感日益消解的当下，对我而言，带墒的泥土仅能生长一些杂花野卉，但它们有着泥土的脉息就够了。

感谢诗歌给我生命带来的快乐，为我的生活增添慰藉与希望。

目 录

CONTENTS

第一辑　水与土

第二辑　泥与草

第三辑　花与蜜

第四辑　月与风

第一辑

水与土

今晚的月亮

今晚的月亮
是从高处的雪顶上渗出来的
一场雪褪掉上面的杂质
显示出异常的光洁
我记得它曾在林中穿行
有时在树杈间滑落
今晚却一动不动
像一块薄透光滑的油豆皮

各家都熄了灯
它的锃亮
使远处的山反而显得更黑

野棉花

荒地里
她已然是满头白发

我喊一声不应
再喊一声亦不应

她已完全变成又聋又哑的人
且神情有些沮丧
冷风吹着她灰旧的棉朵
在黄昏中一点点散去

她一声不吭
这也符合她半生隐忍的性格

晚霞湖

夕阳又一次在湖心蘸红
众荷描金
暮色便顺着湖边的苇草
慢慢滑落下来
翠绿的荷盖下
漂满了荷茎的蛇影

一只灰鹳擦着湖水飞过
它是最后出没的游艇
在暮色中隐没
打捞水草的农妇
坐在岸边歇息
浪花便像菖蒲一样
向她的赤足涌来

春天的遮挡

栅栏遮挡菜地
堤坝遮挡沟渠

马桑遮挡山鸡
蒿草遮挡田鼠

工棚遮挡表妹
柴垛遮挡母亲

炫光遮挡萤火
霓虹遮挡星辰

酒肆遮挡禅院
钢瓦遮挡空楼

月亮像一个睡足的人

云
在她身上像纱一样滑落

她就站在那里
像一个睡足了的人
她是发着白光的裸体
安静，纯粹，浑圆，丰腴

在这无比辽阔的夜晚
像一株干净的玉兰树
开满了层层叠叠的芳唇

老梁口

在老梁口
我吆喝一声
寂静的高崖
传递着我变老的声音

这声音悠远回荡
风随便一吹
茅香花就散开了
像一群白燕子在枝头上
翩然而飞

一场雪

只有这场雪是对症的膏贴
对于冬麦
它是一瓶管用的糖浆

河堤的横木上
拴着几架村子的马车
雪山是远处叠摞的草料场

已经淡忘了的景致
一场雪
又一次给我全新的轮回

早晨的河谷

自行车得意地在跑
一片片油菜擦肩而过
山一会儿转过身来
灌木低处仍是旺盛的油菜花
我疑心那里的艳
浓得就要溜下坡来

早晨的河流是一棵
流淌着的大树
枝柯分叉处
一群燕子在喧嚷
一个乱蓬蓬的金巢

两只蜻蜓在跳芭蕾舞
看得出它们整洁的轻纱
像是刚从那片花叶上梳妆完毕

槐树林

这沟壑中清凉的酿造厂
堆满绿色的酒瓶子
夏天的手臂揭掉瓶盖
槐花啤酒沫一样
滋滋地冒出来

蜂
才是真正饮酒的人
它们不仅自己喝足了
还一桶一桶地
带回了巢房

村　晨

松盖的庭堂绿门窗
雨正耐心地涂刷着油漆
松果在仿红木的板房内
裸着睡觉

油菜花带着细小的扫帚
一大早就把村子周围的新鲜空气
一堆一堆扫起

略带酥土的温热
夹杂苹果花的鲜甜
蚂蚁是贩运它们的驮队
蜂群是运送它们的空姐

春天的远程炮弹

昨夜
春天的远程炮弹
发射了一晚上
今早我看见沟渠的背阴处
所有冰凌的残渣废屑
都已收拾干净

土很松软
还隐隐冒着一丝温热的气息

静　地

到松林的雪地里
正好一只松球落下来
打落一株祖师麻上的雪
使雪中的祖师麻显得更加
孤单

月亮像一只岩羊

月亮像一只岩羊
站在悬崖上
悬崖太陡峭

夜深了　它找不见下山的路
就只好卧在深草丛中
等待天明

盛　宴

趁你们去榨油厂参访
我悄悄溜出来和一片油菜私语了一阵
它们把我一个陌生人
等同羽化的蝶类接待了一番

耳朵在游离
嗅觉在盛宴
人群中常常昏昏沉沉的我
正好需要这样一剂管用的解药

薄田越来越板结的我
正在油菜的金殿堂里
将霉腐的臭皮囊蛇蜕一次

蒹葭地

湖水映着蓝天
溪渠分割洼地
这一片随风摇曳的蒹葭多好

事实上蒹葭只是其中的一部分
更多的是蒲草、杂蒿、雏菊与野棉花
顺着风
它们都低下卑微的身子

白鹭闲步
羊群出没
麦收之后
会有更多的籽实坠落
潮润的湿地散发出更加清新的气味

马家山谣

油菜的金箔缀满山冈
烟岚中醒来的雪山格外亮堂
桃花树像在山畔间熙熙攘攘
茶有雀舌的模样
水有婉环的灵光

诗人打开手机里的诗囊
把自己还原成旧时的马帮

霜　降

后园子里全是霜的白刃
把胡萝卜的叶子全都刈得低下了头
霜像是一卷带毒的胶布
它缠绕什么
什么就得受伤

尽管有火炉火炕
母亲对一场霜还是心有余悸
像塑料大棚里的白菜
寒潮中稍有疏漏
就会有一片白菜遭受霜侵

走错道

走错道
看见更奇异的风景
千树万树梨花开算什么
千朵万朵压枝低算什么

那一道瀑水正在练习飞天
半崖上她回头露出海棠的笑靥

听说这地方有大熊猫
那个有点木讷的老弟兄
暂时就别出来了
我要伴随飞天
把自己的影子在这碧蓝的天堂里缭绕一阵子

故乡的春天

故乡的春天总是来得很慢
一般和旧年的冰雪粘连在一起
啄木鸟用头不断撞击
一棵树还是没长出一片叶子
沟渠里的闸门尽管开通
还是没来一只蝴蝶

车辆穿流　温室遍地
故乡的春天连看都不看一眼
估计她像一位远方的穷姐姐
因为行装的拖累
坐在异乡的月亮下
一夜没合眼

山坡上的月亮

月亮陷在山的夹板中
像打进去的一枚楔子

它是想把一场雪熬制成一股春水
从山上淙淙
流
淌
下
来

晨　曲

蚂蚱在一株弓着的草茎上
发射出去
芍药的胭脂盒顺渠水打开
松鼠在裹挟着它的意外收获

羊的河流
面朝草山的方向决裂
火焰媚鸟贴在树干上
像两只乳房一样微微晃动

白菜在打坐
沟渠里又滴下蝌蚪的墨汁
担水的妇人趴在井沿边吹着灰尘
井水就越发盈亮起来

乡下遇雨

在乡下
又一场好雨渐渐浸透
一位农人干裂的土墙
终至他接连着听见
一阵阵轻快的倒塌声
闪电的红鞭子一直
抽打在屋顶上
院子里的水花
像长了一地的卷心菜
以手遮雨的女子
身上佩戴着雨声
把伞递给我

苗条的雨穿过绿色的走廊
田禾像攻城的战士
一个个顺着种子的木梯
往上爬

涉水的仙子

转眼间在湖上
月亮散开了
瞬间变成相似的几块寒冰
搁浅在黯云的池塘里
她们有喋喋不休的光亮
有擦拭一新的秘密
有红亮一时的羞涩
有永不忘却的牵挂

姐妹几个像涉水的仙子
在更远处的水面上又一次
欣喜地相约在一起

再有一场雨水

鼹鼠在葬雪
旷野上撒满蒲公英的小铜钱
一场湿润的雨夹雪
止住了马干燥的鼻息
土地像喝下一瓶微甜的止咳糖浆

如果再有一场雨水
隧道边的油菜就会勃发
它们会上瘾那种鲜亮的黄色
啄木鸟每啄一次树
它们就更加亮豁一次
这种奇异的消息
白肚皮的燕子像送快递的新手
忙碌收发
并传递给每一个过往的人

烟 岚

烟岚伸着柔软的白舌头
把寂静的大理舔舐了一遍

包括晒场、疏林、坟地
包括草垛、水泉、枯树
也包括怀孕的小豌豆
包括那个背草回村的妇人

晨晖中，它舔舐什么
什么就会获得片刻的欢愉

月亮是我的佛阁

喝完酒
我有点跌撞着回家
左也是月光
右也是月光
只有月光不躲避我

抬头见一轮月亮在瓦楞上坐着
送我出门的是她
等我回来的也是她

见我回来
她和院边的蔷薇都微微地动了一下
显然她又等了好久
仿佛我不回来
她就要一直坐到天明似的

她是我的佛阁
我是她云游的醉僧

树在不经意时响动了一下

树在我不经意的时候
响动了一下
它顺着秋风落下几根枯枝

远处的雪便大片大片沦陷
这些鸟巢的门槛与横梁
被灰喜鹊一根根衔起
在高处的斜坡上
又对接上适合的榫卯

野火辞

这野蒿、柳条、马桑、桦木枝混杂
燃烧起来的一堆火
有股隐隐的柴火味

它拂荡分蘖上扬
在噼噼啪啪的声响中
诞下金色的火穗

像曾经的一场痴爱
不管不顾地灼烧
哪怕用完仅剩的一点柴薪

水磨遗址

磨盘还在
水磨已经没了
水的魂魄已散
磨坊的身体早已拆卸
只剩两轮磨盘
像两块骨头搁在那里

一块在堰东
一块在堰西
我想不会有人合葬它们
时间的怪兽把它们抛在渠梁上
再也不管

昨夜的雨

昨夜的雨
是一台疯狂的打浆机
玉米　洋芋　一夜被绞碎
早晨的麦地里才刚刚拔掉雨的钢叉
石头在几经趔趄之后
全压在河沟的断裂处

到处是水的残骸
杜鹃一下子多起来
低处高处焦躁地啼唤着

一只陌生的大白鸟
侧身上下飞蹿
像一只长臂猿
想把泥浆中的村庄抓起

艾香弥漫的西山梁

高速公路上的车辆
在露水中穿行
小兽在薄雾中隐没
蝴蝶寻找到新的花径

挖地的你按了按草帽
一把葱白的根须上沾着
湿漉漉的晨光

整个西山梁退耕还林了
只有你还侍弄着这一小块地
刚刚从东山升起的暖阳
正灿然照耀过来
这挖地的影子冉冉盛开的西山梁
旋黄鸟鸣唤的西山梁
艾香弥漫的西山梁

晚霞湖落日

临近暮晚
晚霞湖就辽阔起来
只要是晴天
西边天空的穹顶上定有霞羽锦云
这时落日的暖阳会顺着山色折返到山地、崖壁、苇丛间
以及旧瓦房的土墙周围
平时被遮蔽的老树
经年不开花的枝柯上
也挂满金布条一样的光芒

不远处的晒场上我一个人在抽烟
仿佛也是其中的一棵
好像这光是自身发出的一样

乡村之歌

一

暖阳在密林间
像金色的小鸟跳跃着
常青藤勾连着把粉色的刺玫花捧到树顶
松鼠们在枝条上打斗
尾巴挥动着得胜的旗帜
溪水在渠涧中蜿蜒蛇行
有落叶在碧潭里旋转
像一只只浮在水面的草虫

二

拴在树荫中纳凉的马
耸动着枣红的皮毛
一匹小马驹来回欢快地跑动
主人端来草料
手掬成马槽的形状喂马

马在他的手中嚼动
背后是一堵温暖的土墙
他顺墙来去喂马饮水
马驹围着他撒欢
仿佛他是走来走去的马桩

三

暮色中
麦的毛刷会刷亮
麦从间星辰的亮光
麦地上的甲壳虫
借着月色的亮光跳腾着
像用脊背蹭打着低垂的星星

四

村子背后空旷的草场上
鸟儿在空中熙来攘往
风恣肆地吹
草场像凉在地上的绿毛毯
燕子来回往复
像两只紫黑的夜光杯在空中轻轻相碰
黑背鸦在空中撑开翅膀
仿佛坐在风做的木椅上

五

太阳在东山上仰躺着升起
它袒裸着赤红的身子
扶着一株狗尾巴草就站在顶上
黛色的山立时有了红玻璃瓶的亮度
崖间的蜂巢和沟壑间的椿树
都被喷绘成温暖的蜜色

六

有时候
从天空中走过的云朵是空洞的
像一只空筛子
没有筛落下一点雨的杂质
但蚂蚁们
还是照常搬运着石头下的湿润
农夫们预感到什么
收拾着农具
遮蔽着晒在场里的麦垛
只有他们知道
小小的蚂蚁向村庄
搬运着带水的云朵

第二辑

泥与草

油菜在叠加

偷食了春日的激素
金蝉脱壳的油菜地
像一条花蛇一样弯绕盘曲

沟渠里全是它的腥味
自桃花卸下一顶顶鲜红的凤冠
躲在山中修行
自犬儒主义的蛹
化成一枚枚用力太猛的蝴蝶
油菜就以复仇的气概
带领金装的队伍
向新的高地进发

写写木耳

给它热水也好
给它冷水也好
它都能舒展绽开
水淋淋开成一朵朵黑牡丹的样子

和菜也好
和肉也好
尽可能让桌上的菜肴更有适合的口味
尽可能让对它青睐的人齿间留香

如果不是这样
它就会在老家阴湿的坡地上
被风慢慢吹干
变成树皮上的一坨疤痕

史山村

史山村是置放于林荫间的蜂巢
静谧而闲适
落日的余晖洒下深情的眷顾

暮晚
从月亮的磨盘处
走出来给地里喷药的人
间或又走出挑水的人
走出狐以及小小的蝼蛄

全村人围在紫微星下
给一个哑女建造新房
扶前檩的是大伯
扶后柱的是侄子
持酒瓶的是新郎

倒伏的一坨麦

我身体里有长麦穗的脉管
看见塬上的麦就响动不已
齐整的麦地里
倒伏的一坨麦在风中凋败瘫卧
但还是把穗头微微扬起

倒伏的麦
无告的麦
不敢坍塌下去的麦

一旦坍塌
就难以逃脱败草的命运

佛孔寺

庙门紧闭
在悬窟背后的雪地里
佛用几枚尚留甜肉的野酸果
向过往的雉鸡饲食

佛看见我两手空空
就从老人山灰蒙蒙的雾霭中
迸出一朵红云来
像一件袈裟递给我

顶上那棵香柏树
最后一次给人摸顶
圆寂后
小沙弥说寺里不需要柴
就用它挂灯
彻夜通明

莲花山

莲花山是我的启蒙教材
柴胡、苍耳、羊肚菌
蚂蚁、蜜蜂、磕头虫
止血的　安神的　明目的
一应俱全
在母亲曾给我叫魂的地方
蒲公英被晨露水洗一新
一座风化的土楼对应着
我心中的地标

地边一位锄草的大嫂
她试探我的眼神是二十年前的
一缕晨光
我们彼此似曾相识
又怕认错对方
在这空旷的莲花山地畔
风吹着一树梨花微微的慌乱

鹊 巢

类似蜂房般大小的鹊巢
它多年一直架在一棵麻柳的树杈间
像一只烧废了的灯泡
里面是杂乱的钨丝

花红草绿的时节
缺少的就是鹊的蓝鹊的白
一窝鹊说散就散了
鹊巢像一座留下来的老房子

有一回我看见月亮在它的背面
像月食的样子
这一对老邻居紧挨着夜色坐在一起
我听鹊巢说鹊死了我怎么不死

在甘南

又见铁壁似的悬崖边飞着苍鹰
又见盘山而去的情歌
绕过苍松的头顶
又见冰雹的白色小兽
落入一片丛林

又见哈达似的瀑布
向深谷俯冲
又见青稞的秀发
在宽阔的桑科草原顺着风
又见斜阳照着老阿妈安详的面容

回到村庄

让我在秋收时节回到自己的村庄
让我燥热的身体也透心地凉
让我咬开这被衣袖擦净的苹果
让邻居葱花的香味邀请我
让我在秋收冬藏的老屋子里
回敬他们一杯

让紫花苜蓿喂肥我们的马
让红月在铁青的黑树上摇晃
让第一碗饭端给换麦种的人来吃
咱们都是一个村子里的人

新来一种嘎鸦

村子里新来一种嘎鸦
拖着长长的尾羽
大清早就在门前的椿树上飞动
共有七只
晨光在串缀着它们的身影

一段时间它们消隐
现在又回到这个叫胡家坝的地方
似乎对于播种
对旋耕种机翻卷起的泥土
它们保持了足够的信心

而对于再次出门远行
在都市的墙面上陡峭地获取
选择了谨慎的矜持

故　乡

我常常哼唱《故乡的云》
自己却成了远去的游子
砌在我身体里的石头
只有喝完这里的一碗水
才会苔碧绒鲜
不然它会癌变
让我扭曲丑陋

我是四处移挪的树
全靠原初的那点土活着
如果太老了
经不起一场忽然而至的风寒
我觉得

这块曾经生养我的土地
是最适合我轰然倒下的地方

信　任

看见从石缝奔泻出的山泉
我还是忍不住捧起喝了一掬

我好久没有对一件事物
毫不迟疑地保持这样的信任

农　夫

他的女人说
他到湾里锄地去了
顺着女人指的方向，布谷的叫声
沿谷雨的索道越滑越远

田间小路上放着刚割的一堆草
隔一段又放着一堆
草的尽头是农夫在锄玉米
他很诧异我能找到这里来
我要和他握手
他急忙把双手在衣襟上擦了擦

他说
我刚刚割过草
手上还有霜气哩

给神说话

抄再多的佛经也没用
立再多的功德碑也枉然

怵惕之心一直未能解除
春天的哀愁与悸动继续攀升

我在庙前给神说话时
像一个委屈的孩子

土墙的庙里
一次次劝回我自己走失的神

石峡的月亮

吃完晚饭我们要回城
石峡上空忽然升起半轮明月
我一下觉得远远的人间灯火更加亲切起来

车走了
它在头顶一直跟随我们
车过狭长的隧道
我生怕再也看不见它

出了隧道口
没想到它已在前方的山顶上亮着
仿佛一个在寒夜里提灯送我的人

草场之外

天苍苍
野茫茫
仅有一只羊在低头吃草
见我走来
它停下吃草抬头向我走了几步
仿佛走过来的是一个熟悉的人

偌大的草坡被圈地的人圈走了
草依然茂盛着
但那里已成了吃草的禁地
羊只好散在各个角落
把那些还未铲掉的草吃掉

其实给它找到更多的草是容易的
像一条搁浅的船找到更多的水
但当风刮过
要抹掉它眼中无端的茫然和绝望
这很难

小型挖掘机

它挖妥了一座楼房的地基
又把一些需要的石头
用铁铲抬在靠近地基的地方

遇到比它高的电线
还得把重物落得低一点
再低一点
它的身份决定了
光洁的好路是不让它走的
趁人家吃饭的间隙
它还得偷空把料提前备好

楼修好后
要准备剪彩
一些需要摆放的花
又要用它的铁臂举到指定的高处
它说干惯了粗活
这细活还真是不适应啊

狗　事

一只狗嘴里叼着
一根骨头
它急急忙忙地
像是往家走
要叼给它的孩子

走了一段路后
它把骨头放下
像是有更多的骨头
需要它叼到这儿来

但它刚一转身
就被后面跟着的狗
叼走了
它有些失落地茫然四顾
因为它知道
它不仅惹不起那条狗
更惹不起那条狗的主人

一块荞麦地

幸亏以退耕还林的名义
被撂荒了
不然地力这么怯
一袋化肥
不知道再能交出多少的荞麦

这些年　荞麦虽然兴时
全都因为在阴湿的地里
开花长成
且有消肿凉血的功效
相对人们垂青的肉菜
餐桌上也能搭配一点

虽然撂荒了
荞麦还是在长一些
绽开那些粉嫩的花儿
以备酿蜜的蜂群
和无处讨食的野鹊
急需时所用

木　梯

前院里后场里
都借用这架梯子
有的借去架柴火
有的借去搞装修
有的去换房上的瓦
也有涨水时
搭在一条河上成为一座木桥

曾经结实坚硬的梯子
现在变得老旧　木衬松动
梯子的木材是上好的胡桃木
原本可以制一把圈椅
可以够得上收藏
甚至可以成为贡品

但它一直心安理得地
做一架梯子
只要有人需要
就是它活着的全部意义

一口井

整个村子在它那里清亮着
沙麻燕在空中飞过
影落在井中
油菜花在半坡上黄
井中也能看见
它成了村子的一面镜子
照得半个村庄都亮堂堂

村在高处
水在低处
距离并不远
如果井边站一个人
庄里叫一声就能听得见

都说人往高处走
水往低处流
多少辈人过去了
庄里没多少人往高处走
这井水也没有往低处流

写　茶

茶本是仙
在山中修炼而成
一壶茶
在八仙桌上仙气萦绕升腾
在尘世的水中翩翩欲仙
舒展它精灵的姿态

茶从山中来
它弱小且固执
即使研捏成粉末
还是保持着自身固有的味道
那种涩涩的苦味中
透着曼妙的香气

其实，现在真正的好水
只是一个传说
在被不断煮沸的茶壶中
茶

仅仅从一个名词
变成了一个动词而已

高崖上的两棵松树

它俩活着
陡峭地活着
无所谓地活着
不扭曲入画
也不挺拔入诗
尽管松毛有些凌乱
树身还泛着油脂

那种少有的清新干净
让我鄙视自己
在城里的不少假做派

牡丹花开

牡丹开了就开了
打骨朵就打骨朵
叶子隐藏着花头也行
花朵压着叶子也行
白的也好　红的也好
紫的也好　黄的也好
都命系春天

最怕看花的人来了
定制几只蝴蝶飞来
最怕把牡丹的枯叶
清扫到某个角落
说不是牡丹落下的
最怕让毫不相关的苔花也学牡丹开
在缺水的枯崖上折腾

旧玉米地

玉米早已被摘走
玉米秆还留在玉米地
它们在风中低语、凋敝、衰败
瑟瑟地站立在老地方

杏蕾鼓胀的春天
枯萎的叶子像单薄的衣袖
空空的旧皮壳像干瘪的乳房
一阵风吹来
吹起了一片枯叶在空地上空飘浮
最后亦然坠落于地角
仿佛焕然一新的坡地上
哪儿都找不到它的落脚点

过牛年

牛马王爷庙里
他们在欢庆牛年
祭献的是牛头
击打的是牛皮蒙的大鼓
连打的卦也是牛角磨制的

而不远处的牛圈
因为整治村容被拆掉
无处蔽身的牛啊
被拴在一棵老树上过冬

今天我是富翁

今天我是富翁
我对光阴的挥霍是惬意的
我不属于
任何遥控　指示灯　按钮

我遇到的花朵
是上世的情人
我遇到的禽鸟
都是我现世的亲戚

我带着从来没有的香气缭绕
我终于达成艰难的契约

和仇人和解
像一条僻背的阴沟
一夜开出满满的山花

乡愁的茶瘾

披衣出来
听流萤在水草间触响蛙鸣

蛙声像把锉刀一样
凿着我的乡愁
乡愁是我自离乡以来的茶瘾
往往在暮晚时剧烈发作
抬头见一只树隙间的松鼠
抱着一轮月亮在啃
乡愁在此时得到些许的缓解

门锁下的小女孩

比门锁还低的小女孩
她的手一直捏在木门的锁上
我问　你妈妈呢
她摇了摇头
接着又像那把门锁一样紧闭

她不时看对面的村路口
一团浓雾挡在那儿
不肯挪动
此时它是这山中唯一的重物

野猪出没

故乡有荒田百亩
柴捆百摞
撂荒的地里有野猪出没
兄弟不得不到城市的墙面上
一点点抠下给孩子的上学钱

像几颗羊粪蛋一样
野猪被风驱赶着钻入路边的草丛
它们的命硬
拱地　耍奸　蓄窝　生仔
还要受无厘头的保护

不像弟弟那样背运
他掩面　焦灼　无语
一次次空手而回
黯然神伤

八峰崖参禅

天蓝云缈
枝盛花繁

我从自己的旧窟里出来云游
来看看我的旧菩萨们
红尘中她们似乎
和我一样变得体倦肢沉　笑容苦涩

所有的花树都心生欢喜
贪念太重的我一时僧袍穿得太厚
坐在一块无字碑前
任空谷的风吹来阵阵清凉

其实八峰崖每一座山都是一尊佛
陡峭开示勇敢
沙石路提醒恭敬
石龛让人谦卑
云朵让人看开

只是来的人急于跪求参拜
反而忽视了它们

红河牧羊人

他的牧鞭上有些微的光泽
曲桥上过来的人都要摸一把
也有人试着甩几下
每个人都像被神摸了顶一样欢喜高兴

宽大的草场边
牧羊人就是一位神
牧鞭是他随身的法器

牧鞭不言自有神迹
芦草绿着绿着就红了
羊放着放着就多了
月亮落水更明了
红嘴鸦儿一只一只起飞了

金沙寺访碑

当初这块石头皈依此处
不知经历了怎样的阵痛与挣扎

终于在磨平的身体上打上了偈语
作为离佛最近的石头
开始了它的般若波罗蜜多
每一个字都是向善的莲花
每一个字都是慈航的念珠

可是它也不能僭越命运
它也有因缘聚散的无常
最后成为一块块残石
散落在荒僻的墙角

我在金沙寺旧址上见到一块
院角又见到一块
时间的怪兽把它们弄得七零八落
石头的肉体已然断裂

但留下的字还活着
仿佛一粒粒的舍利子

方口寺礼佛

佛劝人放下
但我发现佛界也是神大庙就大
神小庙就小
方口寺也不例外

我烧了多少回香
没有一个神了结我心头的困顿
我磕了多少回头
没有一个神能给我永远的欢喜

从今往后啊
我爱谁谁就是我的佛
比如母亲
我站立在哪儿哪儿就是彼岸
比如故乡

盐官镇午餐

中午在盐官镇街道上午餐
要了一碗饸饹面、一盘猪头肉
大快朵颐一番
吃完后我问摊主
怎么现在的肉都不好吃了

摊主说没有那种猪了
吃杂草、卧村头、游四方的猪
没有特立独行的猪
哪有特立独行的肉味

出来在仿古街衢上溜达
我想那种甲子纪年里亥猪的猪
一年到头杀年猪的猪

秦皇湖

是谁把这一湖水用脏了的
既没栽藕又没种荷

是谁把这一湖水用少了的
既没提灌又没养鱼

每当乌云密布
天空好像真的要塌了下来

谁以上善若水的名义在忽悠这一面湖
那彩虹的镶边只是一个圈套

每当那只快艇肆无忌惮地在湖上冲浪
我看见岸边的水草都在瑟瑟发抖

四角坪怀古

考古队挖探出的全是一堆王朝的残骸
车马　印信　铜鼎及矛戈
尽管纹饰华丽　镶金错银
可是再坚硬的器物
都被那一撮土腐蚀融化了
弄得支离破碎　面目全非

那一块平整的山丘
其实适合长麦　大豆或玉米
灌木丛里间或生有紫菀　柴胡或独活
四角坪给依山而居的人
不仅供给温饱
同时也能治疗风雨中的伤痛

白马爷就在那里

白马爷就在那里
用塑料布遮盖着
几个木匠在为他建庙
木料　砖　石头　沙子
都是穷人供养的

祖祖辈辈都有人为他建庙
庙拆毁的年月
他们每个人都是一座庙
让神住着
神就喂肥他们的牛马
唤醒卧床多年的女儿
神染黄他们的油菜
赐雨于将要枯萎的庄稼

商混车

不像蜂箱抵达槐花林
散出更远的蜜味
也不像垃圾清扫车
一边歌唱一边收拾着散落的碎屑

商混车开到哪里
哪根管子的长嘴便吞吐到哪里
简单的砂石与水遵循着神秘的配方
给那些面容相似的楼层灌注沙浆
楼有多高它那形似叉腰的架子就有多高
看似不可一世的铁架子
把碎渣与废料弄得满地都是

故乡总是云淡风轻

回到空荡荡的故乡
问完母亲之后
我就到鹰鸦常去的山顶上走一趟

波澜壮阔的青草中
我今天是一颗露水
卸去所有的杂质
荒地中斑鸠在觅食
雉鸡在荆棘中窜动

父亲走后
我对他的歉疚
可以写就另一部忏悔的书
多么希望今天的云
代替父亲把我吼几声

可是
我来故乡总是云淡风轻

崖上清流

黄金芽这名字不好　生硬
雀舌也不好　瘆人

这年头味觉被各种添加剂
弄得失灵
甜　尝出了酸
苦　尝出了涩

溪水像透明的舌头舔舐我
我立刻变得食欲大开

崖隙间流淌的这股清流
甲壳虫能喝我就能喝

相信经它煮沸的茶
黑茶还我一头黑发
白茶还我一口白牙

影子腔

刮风是马的影子腔
渠水是牛的影子腔
蚂蚱是稻草人的影子腔
草蝉是松树的影子腔
麻雀是墙院的影子腔
崖哇哇是村庄的影子腔

马河村
其实每天都在上演
明朝的马弁驱赶着宋朝的云
元朝的名士经常拜见唐朝的僧

私　藏

这是我走的最南端
雪峰　白水江　茶园　油菜地
我将悉数打包领走它们

在宾馆里
将它们一一归类整理
用月光捆扎
炮制成膏药或蜜饯
它们将是我这次行旅的私藏

不是我贪婪
我发现私藏越满当肉身越轻盈
五十岁的孤峰上封存的全是
这些上帝给我的打赏

它们是我木板上的纹理
除非谁用死亡的黑漆涂掉

龙池纪事

雾正缥缈
大家围着一湖水散步拍照

在湖心的亭子里歇下来抽烟
正好你也来了
站在亭沿边成为一个水中
绰绰的倒影
我对着那个倒影盲人摸象地说了一番话
倒影就幻化成层层涟漪散开

我是湖边的一棵朽木
本该生菌的我
又生了不少灵芝

做好佳器

天气还真有点冷
毕竟在二月里
山顶上的雪还在
马家山的雾有点硬
在茶园里碰来碰去

兰花肯定也开了
在龙池的茶园里
看见这几十把各式各样的紫砂壶标本

遂想起我也给人承诺过做一把壶的
朴素温暖不负茶香
在众多的名壶前保持自性

作为你信赖的佳器
决不辜负你刻在我壶底下的名字

在坝上碰见一只死羊羔

在坝上碰见一只
死掉的羊羔
瘦弱的腿一动不动

也许死神已封堵了它所有的路径
它是张家的羊胡家的羊
神会在羊的家谱里记得一清二楚

神会记住它蜷曲的毛色
和拘谨的性情
甚至记住它懵懂的初恋
和难以割舍的一片草坡

在碧口镇

去年八月
这里受了一场天灾
所有的溪涧都变成了恶龙
要吞没范坝
要吞没玉垒关
要吞没中庙
要吞没整个碧口镇

说起那场洪水
老友小米至今不寒而栗
仿佛水还在他的腰间上涨

夜间我们同在碧口街上散步
说话间
一树玉兰挡住了我们的去路
河道旁　她好像接着在合掌祈祷

龙池茶园

安置这么多大茶壶何用
傻头傻脑的
陈曼生看了会笑话
顾景舟看了会笑话
个中缘由我不说出

紫砂矿已成为稀土
谁遭那份罪折腾来折腾去的

我忙
在茶界又是资历浅的人
想着只需把自己把玩好
喝明前不明前都是仙草

纸坊镇的小泥罐
是我随身的两个小童仆
只是走得急没有带来

两个捡废铁的妇人

一前一后
都背着背篼
背篼里是从河滩上捡拾来的废旧钢筋

她俩是泥洼中水淋淋的两块磁铁
吸附更多的废旧铁、钉铁片之类

背篼里的铁让她俩弯曲
步履缓慢而沉重
但又十分满足

我背着我的孩子
也不过如此

石头与水

半崖上一股柔软的水
在洗着一块石头
洗着洗着
石头就生出苔藻来
似乎还生出几枝小蕨薇
像晃着胜利的旗帜

水有办法把一块潦倒的石头换成一块富庶的岛屿

苔衣是她给的
石头的肤色是她润泽的
适时调控石头的湿度

如果石头昏庸窝囊
水的特种兵就会冲上石头去
拔掉那面骄傲的旗帜

春日纪事

春红时间
欢子在山里掰野菜
看见一只狼
狼有点垂头丧气的样子
好在他手里有镰刀
由发怵到慢慢镇定下来

后来狼走开了
他生火以壮胆
估摸着狼走远了
他才用石头将火压灭
径直下山去

我爱这一切

三码子上的零散超市
小卖铺里的盐味

土墙上久已不用的一个词语
卖煤人的喇叭声用秦腔代替吆喝

胡麻是蟋蟀的坚果
瓜花是农妇撕给蚂蚱的薄饼

放学的孩子在溪水中交换倒影的礼物
收废铜烂铁的人枕着鞋子进入梦乡

长安岘的农妇

农妇看我的眼神
就像羊看我的眼神
有点疑惑怯生

沟渠边她一个人不慌不忙地搭建着新的棚舍
长安岘该走的都走了
只有她留下来
在风雪中赶羊
为男人点灯
隐忍　谦卑　满足

只有持守才会滋生那样眷顾的神情
只有劳作才会打磨出那样坚实的腰身

龙麟镇

龙麟的天被柿树塞满
走近看
柿子都在皱裂的树上发呆

无人理睬也无人理睬
做柿酒柿饼的人
到年关也不会回来

柿子的颜色就是乡愁的颜色
它和门锁　空空的学堂
一样让我变得无奈

当我们转身要走的时候
不远处的一棵柿树上
一颗柿子像一滴眼泪掉落下来

皇觉寺

菩萨其实是蛮好玩的
低眉　慈目　唇边含笑
好像给来人也要说说仙界家常的样子

可惜今天庙门没开
我们只能辨识一下庙门前石碑上残损的字

如果天气晴好
有人供香鼓乐放炮
也许菩萨会化作一个簪花的女娃
在石阶前嬉闹玩乐
大家只顾欢喜

根本没在意她是谁家的孩子

蕨麻猪

散在草甸的坡地上
三三两两
吃草　撒欢　拱地
顶着一头冷风
亲昵相互追逐
一个顶撞着另一个
然后满足地跑开
那个被撞的也不记恨
只是哼哼几声

这使我想起童年的玩伴
多年来命运的灯安置在各自的屋顶
昏暗的灯光铺满经年的尘灰

也许像我一样
有人也在炉火前刷着手机
刷着刷着便背靠在椅子上睡了
真想哪位来捣我一拳
指着迷糊的我骂：你个死猪

半夏加工厂

半夏加工厂里
见到两位老姐姐
坐在白生生的半夏堆旁分拣半夏

把干瘪瘦小的拣出来
把圆实干爽的留下
药用是相同的
但如今通行卖相
不同的半夏也预示不同的命运

我围着转了一圈
被分拣开的半夏
那些洁白圆润的抢着拍照上传
那些弱小单薄的堆在角落
往往被人忽略或踩踏过去

诘　问

为什么打死一头野猪
母亲要焚香祷告

为什么挖取了金子的山
会变得面目狰狞

为什么村头晒太阳的人
都变得哑然无声

为什么电杆上的小广告上
总有孩子找不见踪影

为什么那台强制拆房的挖掘机
像一个跪地磕头的人

大理村

瓦屋有藿香味的泥墙
寂静码在院落的柴垛

云朵在山畔间托着长袖起舞
慢慢又退隐于林地间
植物在谢花
或安静地怀孕

一只鸟蜷缩着身子
把喙插在草丛里啼叫
那声音
仿佛是哀伤的低泣
我不知道它为何用这种方式啼鸣
那个荷锄走地里的人也立下来听

雨中的土豆

雨说来就来了
被挖出的土豆
还未来得及收拾进背篼
甚至来不及堆放在一处
雨就叠加着砸下来
云的唱词是雨
雨的唱词是水
而土豆在瑟瑟发抖
喑哑而憨实的土豆上
一时扎满了雨的钉子

土　豆

我的土豆
被草掩埋的土豆

我的朴素内敛的土豆
再陡的坡地也开花生仔的土豆

种了一粒挖了一堆的土豆

秋霜覆盖的土豆
挖出来可以炖肉的土豆

如果在角落里放久了
它发青的脸上就会长出钉子
一样的牙齿
像一件为仇恨准备的残酷刑具

七　夕

接过祖母手中的水罐
洗浴　染指甲　炸巧馃
每个人都是一盘巧芽
系着节日的红丝带
靓丽而楚楚动人
汲取自己心中的祈愿
如痴如魅地长出灵秀的花瓣
跳着唱着
快乐像野火一样蔓延
闺蜜们在浓荫间窃窃私语
长满凤仙花与蜀葵的院落
胜如天堂一角
村庄就是云端
女儿们在小豌豆与紫花苜蓿的隔壁
尽情享用无比的秀色

庞沟物语

一

过了玄妙寺　孟庄
一直往沟里走
我向一位背柴火的人打听庞沟
他说再不能往前走了
司机按了一下喇叭
面前飞过一群叽叽的山鸟

二

庞沟在高处
但这些声音是清晰的
远处梁顶上隐隐响雷的声音
菜贩子用扬声器卖菜的声音
啄木鸟啄树的声音
村路上老人呼叫孩子的声音
还有庙里有人念经的声音

三

城里水泥路已经厌倦了
这里的水泥路才刚刚诞生
有的通往学校
有的通往麦场
有的通往水泉
我沿着一条村路一直走
尽头见一位妇人
在深草中脱下衣服晾晒刚打落的菜籽

四

村子里有一处水磨
早已废弃了
省地矿局按原样恢复
成为新的景观
庞生玉把他的大娘二娘老舅
隔三岔五领到这儿晒太阳
竟晒好了他大娘三十年的眩晕症

五

庞世贵的儿子打工十四年杳无踪迹
每一座城市都有一个儿子

每一个码头车站都有一个儿子
每一个收容所都有一个儿子
贫困的院落里
他敬每一座城市为菩萨
敬每一列火车为神灵的天使

六

不用彩钢墙遮挡
不用写上伪装的“生产用房”字样
房子不能居住了就帮他们拆掉
盖一座新房子

云朵是堡子的瓦
草棚子是一眼泉水的瓦
一座在原址上盖起的新房
是建档立卡户庞四牛的瓦

七

老庞是我的帮扶户
儿子庞小虎去年在城里打工
从屋架上坠落而死
我去看他，跟我拉闲
半口不提儿子亡故的事

临走时他径直走到厅房里去
将我拿的橙子
在儿子的遗像前摆放了两颗

八

腊月里在庞沟三下乡
给老乡们送字画，写对联
天下了一场大雪
到处是一片白色
连大家呼出的气也是白色的
地上摆放着红红的福字
旁边还站了不少要福字的人
庞翠莲也在其中
我看她拿福字的手上
还戴了一对红镯子
与大红的福字十分般配

九

野猪
是庞沟人无法剔除的隐患
所有的荆棘都是它的天堂
所有的地窨都是它的暗流
所有的石头都是它的城堡

玉米一出红缨子
家家就得搭草棚守护
庞二娃跟我说
你下次来给我买些炮仗
面对巨嘴獠牙的野猪
只能吓唬不能射杀

十

城里才是秋风
庞沟已然霜冻
城里才是暮晚
庞沟已然月升
但庞沟人都爱庞沟
每逢佳节白马爷庙里唱木脑壳戏
外面打工的人坐飞机也要来热闹一回
看一场夜戏
喝一场酒
给白马爷磕一个头
仿佛这才是无可替代的乡愁

第三辑

花与蜜

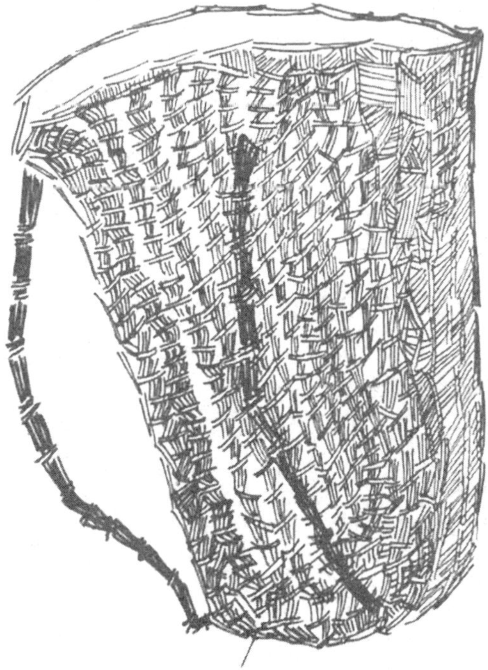

藏起来的自己

我得把另一个我藏起来
藏起来的我安静闲适
不牵肠挂肚
脏器很好
没有胆囊息肉
明理而又宽悯
像眼前的一泓水
浊流进来一会儿就清

不是虚拟
和大家上高层
是他托着我上去的
他有取之不尽的金木水火土

比起越来越迟缓的我
他天性顽劣
见到一片油菜花
就迫不及待地化蝶
我死活喊不回来

寄玄儿

临近年关
你还是没有一点儿打算回家的意思
依然急切地背着夕阳策马而去
迎接你的总是下一个关城的站口

帅气　青春　梦想
读书　恋爱　酣饮
挣脱被设计的生活
间或因业绩出众
而被兄弟们捧场
欣慰总像久旱的沟渠
涌过欢腾的渠水

你必须是一张现实主义的犁
在尘世的荆棘中小心地耕耘
一时耀眼的光环
最容易成为后现代主义的瘪籽

你的母亲总是在半夜里醒来
用一沓旧札
把寂静的夜翻得哗哗作响
我披衣起来
在书桌前写那幅草书
竟也是那样乱无章法

大姐的棉花

从新疆摘棉花返回的大姐
把一袋雪白的棉花
放在我家略显灰旧的院落
她不肯去我家的屋里
只在屋檐下坐了一会儿
她说还有几包棉花要送给
其他的姊妹

雪天的院中我一直想到她
旧棉花似的身体
多少金银似乎可以忽略不计
只有她送的棉花
我在礼单上密密麻麻地记了一夜

父　亲

你不在了
我像一桶无处倾倒的浊水
在村子里搁置
积攒着不少的沉淀物
我每向你磕头一次
水清亮一次

你是火盆式的人
一家人多年习惯围着你坐开
温暖惬意地松垮
死心塌地任你数落赏赐

我不言
但我一次次烘烤受潮的自己
嗞嗞冒烟的自己

我是获取温暖最多的一个
现在也是最寒凉的一个

四花娘

在妇幼保健站门口
我看见四花娘
一手托着临产期的四花
一手举着给四花输液的吊瓶

四花的男人务工去了
这是她要同时操心的两瓶液体
液滴仿佛要经过她的身体的过滤
才能滴注到四花的静脉
她轻脚走路的速度
正好也是液体滴注静脉的速度

怕

一场雪终结了一年的最后一天
但心结未必就能清零
最怕一年的辛苦
仅换得无告的唉声
最怕车马辚辚的朱门外
还等候着贫病交加的人
最怕竞标的双簧继续在唱
良医在方剂上考量利益
森林般的手难以阻止一项
荒唐的指令
最怕诗的浮光遮蔽了诗人应持有的孤灯

最怕一个人哭　另一个人在雪崩
怕亲人冷漠　善良被弑
怕忠实被欺　逢迎重用
热闹的酒场挤满了孤独的魂灵

怕

愿未来没有怕
每个人在忙碌中乐生
或者怕越来越少
大家都顺心地活着
愿人间有爱
大地安宁

谣　曲

羊放着放着就多了
河水淌着淌着就宽了

豌豆长着长着就开花了
苜蓿蓝着蓝着就出穗了

灯油亮着亮着就开灯花了
日子过着过着就顺了

旧桶桶里装着新蜜了
和她抬着石头也轻了

二叔墓志铭

微驼的背曾背大了我
又背大了我的孩子

现在我远
我的孩子更远

我放下好多事
这件事一直难以放下

表　弟

在别人家的丧场里见到表弟
多年不见
短发衬着的依然是一张稚气的脸

大山的深处
有他和姑母的家
已被时代纷纷攘攘的潮流所遗弃
不知什么时候他学会
吹唢呐
用腮帮的鼓胀讨点田园以外的生活
他像古代行侠带刀的人
一时难以找到适合的江湖

丧场里的旧桌子上
竖着塔佛塔似的唢呐
他拿起来吹
哀婉的乐曲中
逝者仿佛在灵堂前

最后一次把儿女们又搂抱一回
他在唢呐上按下的每一个手指
都触到孝子的痛处

刷楼的人

从楼的远处看
系他的绳比蜘蛛丝还细
而他比蜘蛛还黑

从楼顶上下来
他手持滚筒
蘸着灰浆和晨露
一直在给一座楼着色

雾霾中
他从十层楼取出一支烟点燃
把挂在腰间周围将要滑落的力气
又收拢好

他是最后和
塔吊、脚手架、炉子、油漆桶一起
被转移到另外一座
需要着色的楼角处

汉长城

尽管后来的长城
在你侧畔扬起雄关的头
昂然向前
尽管风沙的侵蚀
让你消瘦
消瘦得像辛稼轩的一句边塞诗
但你依然坚挺
坚挺得像茫茫戈壁上
一截铮铮的傲骨

就借它冷峻的背景
拍一张照片吧
我在祖先的坟头前
留下自豪的一瞬

三角城遗址

绿洲已蜕变成
一片枯朽的麻布
水泽已蜕变成
陶片上的图纹
巨灵已蜕变成
沙滩上的一只小兽

但我依然喜欢这块地方
喜欢曾经煮酒的青铜
喜欢它曾经美丽的水域
喜欢它远古的神秘

从遗址上拢起的彤云一片
像一个勒马四顾的人
他仿佛告诉我
镍都的紫金花扩充

奔走的小兽

终要变成沙漠绿洲的飞龙
从陶片上复活的蛙
正在古道边聚拢

写给金昌的友人

让芨芨草沿沙漠绿起来
让沙柳沿金湖水绿起来
让石头沿古道绿起来
让关城内外的漠风绿起来

让鸟巢绿起来
让草地上的羚羊绿起来
让爬行的蜥蜴绿起来
让出入口外的所有车辆绿起来

当绿色在这里
像潮汛一样暴涨时
和你相约去抚摸长河落日
用一堆唐诗的意象做燃料
在阳关的地平线
升起大漠孤烟

邂 逅

在庙里见到这尊小菩萨
微胖而略显柔顺的眼神
像极了我逝去的大姐
连屈膝盘腿的坐姿也像
仿佛她又在这个季节给我拿野菜来
不进屋坐在屋檐下的样子

每年她忙罢农活去掐野菜
再分送给姊妹几个
春暖花开时这是她做的最开心的事
她病重的时候
姊妹几个分别去看她
病床上她跟妹妹说
“我可能再不能给你们当姐姐了”
每当想起这句话我就泪如泉涌
此刻我真的像站在病床前
我用手轻轻触摸了一下她绝望的脸
又想起那句话
在这狭窄的石龛前又潸然泪下

草　坪

——致驻村帮扶的老强

月亮就是挂在你上空的一块腊肉
被乌云熏染
草坪容易落雪
你从农户家回到住舍
就是一块自燃的牛粪
先把自己的老骨头烤酥
再用手机发给妻子
妻子是你的
草坪也是你的
都割舍不下

年关了，你还回不去
村路修整一新，田禾收成
别人是屋檐下挂灯
而你用梯子顶门

在公路上遇见放羊的大舅

在回老家的公路上
我看见一个吆羊的人
像我的大舅
一条绳系在腰间
无论多豪华的过路车
他都没正眼瞧过

他只是警觉地看护着他的羊
遇到大卡车过来
他就把那头刚学会走路的羊羔
一把揽在怀里
等大卡车开上梁顶后
他才肯放下来

清明节

在回老家的大巴上
我碰见一个从西安来老家上坟的人
他的语言已杂七杂八
清明像一个漏斗一样
把他滴漏到老家的坟地上

临走时父亲叮嘱
在城里多买些纸钱
万一辨识不出来
就在那块地见坟就烧

写给帅帅

迁移出去的人
或许会忽然举家回来
继续在大理耕种、打井，敬奉祖宗
你不能只顾埋头填表汇总

那些空着的缸　水桶习惯缄默不语
你得学会适时添水

在大理，鸟有时是晴雨表
有时是报时钟

墙面上的涂鸦
是孩子的诗与远方

电脑上收到的赐舍与救助
不能过期　不能成为变馊的马赛克

偶尔有羊进院来

你若送一把草
下次还会来
它寻求宽慰的样子
其实与草没多大关系

刀子嘴　豆腐心

刀子嘴从不隐忍
说出鞘就出鞘了
有时也像一场暴雨一样
糟蹋了好端端的庄稼

而豆腐心又替它
补苗一样把被损伤的
又一一补上

舞　者

像晾晒的丝绸起风了
在高高的架上隆起飘扬

舞者的水袖
在台上起伏游走
旋转又缠绕舞者
水袖的恣肆、变幻
让舞者像海浪中的鱼
难以驾驭自己单薄的身躯

舞者像在画符
用水袖把自己
发挥到极致
然后分娩出朵朵花环
把自己满满地覆盖

病　腿

回到家里
我在椅子上抱住我多病的腿
受过伤至今支撑我行走的腿

一次次修饰自己的颜面
但我很少为腿做过什么
只记得受伤的时候
为它买过一副架拐而已
站立疲惫的腿
只有我倒头睡去时
它才能随之歇息一会儿
抱住的腿还是那么乖巧
似乎瘦弱了好多
要不是预感到什么
我从来都没有这样紧紧地
搂抱过它

瞎　话

我编了好多瞎话
你一检索就是词语的赝品
那一点鬼把戏连自己听了都好笑

原谅我一个手艺差的厨师
洗了一大堆菜
就是做不出一顿好饭来

这回不一样
我瞎编的话竟然一一应验了
你最好用薄雾做一件防护服
我觉得这地儿灵异的事
容易发生

木匠兄弟

木器厂歇业
他给我用编织袋装了一些木片、刨花
用自行车带到我家里来
让我冬天生炉子用

问他今年的活路
他苦笑着说
还能干啥呢
只能偶尔打打棺材
也有人来做个佛龛

昨晚我在快手
见他把木尺、刨床、斧锯挂在网上出售
愣了半会儿
我不知道该点赞还是该说点什么好

两个换衣服的妇人

下午　我去城郊漫步

在隍城路口见到两个
同样换衣服的妇人

一个是穿橘红色环卫服的大嫂
一个是穿灰色罩衣的中年女尼

她俩相隔不远
各自坐在路边换了衣服

暮色中
都习惯性地把头发向后拢一拢

一个去了嘈杂的小饭馆
一个隐没在苍茫的夜色中

马元镇

还会看见放牛的人
还会看见拉羊的人
还会看见赶集买豆腐买布的人
一般我都会拿着手机拍下来
收藏在我的一个空间里
它们才是我午夜的神龛

过去回马元是小事
现在回马元是一桩大事
耽误不得
耽误了
马元的弯弯路
就像蛇一样在我心里盘曲
说入土尚且还早
但盖棺论定之前
我很在乎这地方人的品头论足
即使这里的庄稼歉收

牧羊女

正午时候
天空仿佛是一口倒扣的热锅

她就把羊赶在一处废弃的桥墩下面
一根木棍在那里一插
就是不可逾越的围栏

趁这间歇
她去桥墩对面的槐林采摘槐花

看左右无人
就脱下外套
将槐花摆放在上面

辽阔的田野上
春红点点的季节
每一粒槐花都像一颗洁白的龅牙

大地湾

要走
就走一回大地湾这样的黄天厚土
广袤辽阔的土地上
只站立了一会儿
我身上的水泥斑块便脱落了一层

要晒
就晒一回大地湾八千年前的太阳
只晒了一阵了
我的三千尺血管里的废墟
竟变成了蒹葭摇曳的水域

要活
就活成大地湾的一只蚂蚁
风雨里劳作　相爱中老去
用臂膀扛起属于自己的生计
用触须抚慰最亲的亲人

人头器形彩陶瓶

她有点欢喜
甚至有点妩媚
像刚刚收获了不少谷禾
又像看着心爱的人狩猎归来
她衣饰华丽
体态丰腴
仿佛散着迷人的体香

我怀疑她的表情已变成了孤品
那一抹神秘的微笑与眷顾
是何时消逝的
像一条干涸的河流同时带走了丰饶的两岸花香

巧　妹

这个从乞巧的队伍里
抽身回家给父亲做饭的女孩子
她因小跑而微微隆起干净的乳房
她一面提水、洗菜、和面
一面打电话让弟弟也回来

她代替母亲做着这一切
母亲在巧娘那儿迎水唱巧　再做一回快乐的女儿

正午的阳光像金币一样打在案板上
打在她湿漉漉的手上
仿佛是七夕的额外奖赏

构树赋

成为一沓麻纸之前
构树长在地塄　沟渠　丛林间
相比蛮横的野蔷薇　刺沙棘
少有攀附的藤条
少有鲜艳的花簇
葱郁的枝条上宽大的叶子绵软而浓密

生于斯长于斯的构树
不经意也结满殷红的构桃
但它僭越不了成为麻纸的命运

要成为一张好的麻纸
得经受砍　蒸　浸　砸　切　以及晾晒的历程
每一次在蜕变中变得柔软坚韧
每一次在涅槃波折中获得新生

不是好构树哪来的好麻纸
一张好的麻纸比别的纸轻

比别的纸灵性
绵柔如丝绸的纸还是构树
有着构树的品格　构树的灵魂

荷如巧娘

这一池恬静的荷花才是巧娘
她们面容姣好
一个个生就曼妙的身材
风雨中开朵
蔓草间生色
鸟也来拜　蝶也来拜
纵有落花
香亦犹在
纵有淤泥
藕留清白

那个纸糊的女人不是巧娘娘

那个纸糊的女人不是巧娘娘
河套边约心上人的才是
场院里晒新麦子的才是
开网店卖绣品核桃的才是
街角处打扫炮屑的才是
赶黑骑摩托给母亲买药的才是
考了博士在园子里摘豆角的才是
和丈夫一起刷涂料歇下来唱《苹果香》的才是
省钱给孩子交学费的才是
蒿草里摘椒的才是
家具和性情都很洁净的才是

也许她们并不乞巧或无闲乞巧
但她们的谷穗上同样结满幸福的颗粒
像星夜里忙碌的松鼠拥有暗处的松果

女儿辞

我喜欢眉心间粘一颗红豆的女儿
喜欢用凤仙花涂染指甲的女儿
喜欢在万寿菊丛中追蝶的女儿
喜欢在图书馆台阶上晨读的女儿
喜欢追问为什么
问得我一头雾水的女儿
喜欢眼睛清澈如露
没有任何思想霉斑的女儿
喜欢担心自己变丑不想长大的女儿

面对她的天真无邪
我把人世的套路
掩藏得深了又深

您可曾听见

——致洛夫先生

先生　自您驾鹤而去
您吟咏过的那些蟋蟀
一只只在哀鸣
唧唧　唧唧
从台北到落马洲
从相公堡到温哥华
那哀痛而低泣的叫声
您可曾听见

您是海峡那边一呼痛的蟋蟀
总是伏在《诗经》的青青河畔
从母亲的墓园叫到湖南大雪
从汨罗怀沙叫到衡阳雁去
带着乡音的鸣叫
三张犁巷子里的那只
一直在应声和鸣
您可曾听见

您羽化仙游而去
那浅浅的海峡
一次次翻卷起揪心的浪涛
又跌落下咸涩的水花
惊起一滩白鹭哀鸣划过
您可曾听见

此刻　我在陇南
在书桌前饮着想象的鄗酒
举杯祭奠《烟之外》
只见月光意象
从书架上散落一地
您可曾听见

第四辑

月与风

晚霞湖十帖

一

西藏有纳木错湖，云南有泸沽湖，新疆有喀纳斯湖，杭州有千岛湖，西和有晚霞湖。最使人不可忘怀的是每至天朗气清，晚霞湖总有万顷落霞携带白云缈缈荡于湖中，好像它们在天空中走累了，要在此湖中洗浴一番再漫游于天际一般。

二

谷雨左右的湖畔，远山有桃林如粉雾，油菜地泛出成片的艳黄，麦田蓬勃地绿起来，村庄田畴边的山野花也竞相开放，杂花生树。特别是湖边的岸柳，垂下万千丝绦，环湖围成一圈淡绿的柳墙，银燕出入带着一缕新柳的清新气息。

三

晚霞湖边的观音殿一带盛产一种远近闻名的佳果——八盘梨，近年已形成当地产业，所有的梨树在同一时间结果，铁枝白英，千树万树在蜂群嘤嗡中开绽，那是一种强盛的颜色，如沃野阵云，让所有的村舍屋墙都显得逼仄矮小，连巷道里拥出来的羊群也如袋子里倒出白豆一般。

四

湖恬静盈满，游人因为躲疫也相对较少，湖上来了野鸭、鸳鸯、戴胜、燕雀、鸫鸟，还有凤头䴙䴘、长脚鹬……

浪一卷起，长脚鹬就像小木桶一样漂在水上。

戴胜总是在湖边的枯树上急不可耐地寻找虫子吃。

野鸭最多，成群游于水中，有的顺水凫游，有的用水把自己埋住，又欣然把水掀翻，此起彼伏，嬉戏而游，在水中的通道里自得其乐。

五

无垠的湖上，没有一滴旧水，水与水相牵相系，任天空如何陡峭，湖总是平端着这一湖水，好像绽开一张平展的凉席，水做的篾条被水洗一新，太阳出来就会在上面撒满金币，灿灿的，这时连挂在岸边树隙间的蛛丝网也一张张格外银亮。

六

晚霞湖北边有一座高大的汉白玉雕像，那是雕塑过《黄河母亲》的作者何鄂先生创作的又一件艺术杰作——巧娘女神，此时她在氤氲的水中呈献一抹洁净如玉的颜色，在涟漪中温婉地晃动，像一团守望且不安的柔情幽梦。有多少痴情眷侣在此相拥拍照，海誓山盟，他们前面的芦苇丛中水鸟成对，丽影成双，就连巧娘前面岸边的石头经水的冲刷，也是“盈盈一水间，脉脉不得语”。

七

走晚霞湖要过白雀寺，这是一座古老的寺院，寺里供奉着千手千眼观音菩萨，因此这座村庄也叫观音殿，相传是汉朝西和西峪国国王妙庄王三公主的化身，法名“妙善”。寺里至今留有几块柱基石，多人才能合抱，可见昔年殿宇之隆盛。我去庙里游览碰到好多来敬香的农妇坐在围栏边喝水闲聊，看她们喜乐的样子，想起谁写的一句诗：“乡下的神是朴素的”；虚无也好缥缈也罢，能让人开心散郁的就是真菩萨，回头一看，寺边那些能给人带来希望殷实的梨树，枝茂花繁，香郁清雅，不就是千手千眼观音的化身吗？

八

晚霞湖曲廊边有一处荷塘，每至夏日，叶盛如盖，初荷点点。初春的塘里还残留着去年的枝茎与枯叶，经年之后，荷与荷仿如完成了上一世的相守相伴，它们美好的肉身看似坍塌枯谢了，但并没有死，它们的灵魂在泥塘里蛰伏重生又转世成新的荷花，它们虽经历了寒霜雪冻，风雨侵蚀，但依然坚守初心，印证了那句话：污泥再深，藕是清白的。

九

春日正是山野菜繁多的季节，靠山的丛林里到处可以找得到苦菜、水蕨、乌龙头、香椿等。

湖畔人家多打捞湖中的小鱼小虾来做菜，临水得鲜，佐以春芽野菇是绝配。

湖边一个挖地的老人告诉我，湖满鱼多。但偏偏有人絮叨着来这里放生，我想，是鱼就有水的配置，不可执意为求得自身福报又捕又放，乱放乱捕，况且如若把性情凶贼的鱼放入湖中，一些温驯的鱼反而遭殃，名义是护生实质反而害生，何苦呢？

十

开发晚霞湖时，设计者沿湖堆了一圈太湖石，或峥嵘浑朴，或玲珑雅秀；水边堆石，间植花树，相得益彰，在湖与村舍之间自成界格。石上停鸟，窟窿里藏小兽，鱼在水里看，就像我们看月亮上的山，它们压在湖边，湖就更加静谧安泰，不怕湖里的浪凶起来。

石不藏水，下再大的雨，水都会顺着水草的滑板流进湖中，石其实是有生命的，只是世寿太长，人不珍惜罢了。我害怕看见炸得支离破碎的石头，害怕看见景区里有的石头被刻上“到此一游”的字样，害怕看见石头上涂写红漆字，远远地看，像石头上流着血一样。

鹅嫚沟的碎片

一

我们两手空空，面无愧色，扬言要写爱情。

一只蜂鸟能说清一棵杉树，一滴水能说清一块石头，我们对自己有时什么也说不清。

二

冷雾在相机的镜头里逃离，似乎谢绝充当一种摆设。无论我们如何追逐，它们尽管自由地开落。

三

素食主义的森林是强盛的，寂静中，一簇簇花朵的碗里盛满了虫蝶的甜点。

四

一大片一大片的荞麦正在放花，蜂群在采花的同时，留下一股清澈的蜜味，这味道足以稀释我在世间的所有恩仇。

五

有隐隐约约的水声，有轰鸣穿谷的激浪，它们一并在我干枯的石头上哗哗流淌。

六

每一处碧潭都是酿酒师，水沫像酒花一样泛起。

七

林荫中有深睡的朽木，我发现它周围侍候着一株株带露的小蕨薇。

八

鹅嫚沟天池正在生雾，雾从树顶上下来又流入石隙中。我像亭子一样在水边静立，且上面也生满了苔藓。

九

两只雪白的鹅像两朵硕大的玉兰，水的枝条上漂满了它俩温婉的倒影。

十

池水在微微地晃动着，应和着两个在水边打捞杂屑的人。

十一

池中的舟子一动不动，它在那儿禅坐了整整一个夏天，它的入定让我们的声音显得格外聒噪。

十二

我愿所有的人都像一颗草籽吹刮到这里，草木是谦恭的仆人，却养育出面如婴儿的花朵。

十三

我愿意相信一只胡蜂就是这里的主人，悬瀑是它的布匹，池水是它的邻居，杉树是它的高地，月亮是它的明灯。

十四

瀑布是白色的鹰隼，从悬崖上飞下来，如果有一天它冻成了坚冰，请别将它奋飞的羽毛揪下来。

十五

我的手机遗失了，鹿仁村那位穿羌服的姑娘宽慰着我，替我找寻着，她拨通我的手机弯腰听响动，整个深谷都在为之寂然无声。

十六

铁轨从谷口外像蟒蛇一样爬进来，铁轨上又要架设铁质的栈道，什么时候，我们的腿脚不知不觉丧失了攀爬的能力。

十七

我们都扬言要寻找爱情，难道有人将它深埋于谷底？我怀疑着。爱在人身上的困顿，连自己也不相信。

十八

请尊重每一块石头的方向，请尊重每一棵草的去留，请尊重水渠边一只缓慢爬行的蜗牛。

十九

又见一拨人上来，莽莽山崖在为之准备着盛装的秋红，烟岚又一次在深谷中聚拢。

二十

朋友们的微信不断发来，我翻寻着，抖落了一地鹅嫚沟的碎片。

篝火与幽谷

几场盛大的雪后，官鹅沟的雪像绷带一样把纵横交错的山峰衔接、牵系、覆盖、缠绕，雪满山谷，我发现那些被砍过树的丛林地带上雪落得更厚更满。

更远处的雪峰在湛蓝的天空映衬下显得更冷逸、刚健，蜿蜒中有一面雪峰被阳光照耀，又反射到幽谷间，斑斓的阳光在雪峰与幽谷间传递着。

树斜倚着，攀爬着，挺立着，雪像片石一样砌成一道道白色的围墙，躲在雪山的丛林里，也有迟疑的最后飘落下来的雪花，落在树枝上成了黑树上的花色，开着开着又掉落下来，成为苔藻间的一点湿泥。

冰瀑在各个崖壁上集约，有的从天际挂下来，有的从绝壁上生出，有的冰层下还涌动着水，有的干脆看不见一滴水。

冰瀑是奇幻的，从浑圆中长出坚挺，从雄厚中生出狞厉，从激荡中生出舒缓，从凝止中生出穿越，从分离中又生出团聚，从坠落中又生出散发。冰清玉洁的世界让人迁想妙得。

牧人远去，牛羊衰微，但是黄羊、麋鹿、狍子、熊……还在，寒鸦、蜂鸟、黄鹂、画眉……还在。和我一块转的小马说，快看，前面有落石，说明上面有黄羊。我抬头望，只看见一块石头代替黄羊在山坡上奔跑，丛林和山峰也在晃动。

路旁堆了不少雪雕，偌大的雪雕在挖取填补之间尽显匠心，谷间的岩石上仿佛全是摩尔的雕塑，圆润玉洁的作品错落摆放在河流的岸边，增之一点则腴，减之一点则瘦。

篝火烧起来，在锅庄舞的中间，像一只金红色的狮子一样跳动着，篝火越烧越旺，仿佛四面的山也经受不住这样的烘烤向后退去似的，仿佛雪壁也成了一面暖和的面庞。

几个藏族男人在高歌，这丛林间的声音有着融雪的力量，映着火堆引吭高歌，篝火是穿红袍的藏女，她灵动的手把一撮寒冷连根拔起。

爱在我体内像一株无根草一样盘曲，但它今天怦然生长，它是一种孱弱的单株植物，此时却勃发延展。谁一时点击了着魔的键钮，使我一时变得无序和慌乱。

悬崖上的那棵崖柏，是谁把它遗弃在那里，它幽幽地绿着，在石壁的背后散着幽香，看着它我就再也不想往前走了，我一时陡峭起来，成了鹅嫚沟与它最近的一面绝壁。

有一座雪雕，两个可怜的情人相拥在一起，工艺师经过多少次的挖取填补才使他们相呼相拥，挖取得越精准，越呈现爱的灵魂真纯，谁愿意在冰天雪地里接受更多的挖取？谁愿意把自己的心肝部位掏空，安放对方一只冰凉的手臂……

沐林怡酒吧里，开辟了一条诗歌的幽谷，诗人们都是裸岩，清晰的裂缝里长满了诗歌的香草，他们轮番在台上唱诵，有人点了我的名字，我嗫嚅着，像一株将要倒伏的稗穗，但掌声一次次把我扶了起来。

我回来，他们问我，去官鹅沟都干了些啥，这么高兴，喜形于色。我说，我烤过火，和一群跳着舞的人烤过火；我说我还朗诵过诗，在那个沐林怡酒吧，为了朗诵那两句诗，我用了半生的果敢。

四　月

四月，大地从旧樊笼中脱胎换骨，在氤氲的春光里呈现全新的面目。

山桃树在林野间已谢零散花，还有背阴处的与野樱花杜鹃花共同构成一团团粉雾彤云似的霞色，沟渠里的柳树沿河水围起长廊，给一片油绿的麦地镶嵌一圈边框。

田野草地上蒲公英的金币撒得到处都是，渠水边的沙芹、水荷包的叶子密密麻麻地长起，蓑草像一只只野刺猬蜷缩在水渠边，架板地里的油菜花已强盛地占领了山岭，蝴蝶与蜜蜂翩然你追我赶，嘤嘤嗡嗡，田野间有淡淡的鲜草与泥土的气息。

紫燕穿梭，蓝带鸟曳着长长的尾羽在树枝上窜动，啄木鸟仿佛换了新羽衣贴在白杨树上啄响整个山谷，声响穿过村子里的窄巷直达旧场院。

大地正以它独有的方式消解覆盖人们留下的污杂琐屑，包容净化让田野大地成为一切生命的源泉。更多的人喜欢在春红季节沿原野草地走一走，纵然两手空空，但往往尽兴而归，也许对于日渐厌倦都市沉烦的他们，一只纸鸢、一缕炊烟、一溪渠水都是他们午夜梦境中的神龛。

比翼与蜗居

一

啄木鸟急促地啄着白仙树，性急的它花头丽羽，不时在树冠上飞上蹿下，找寻树上可啄的缺口。它像一位鼓师击打着树干，啄不同的树发出不同的声响，啄白仙树的声音格外清脆而响亮，节奏感很强，老远就能听得见。啄完后又飞于瓦楞间，这声音还停留在树隙间。

二

一群麻雀在乌牛花丛中啁啾嬉闹，粉白的花团中，麻雀们有的安静，有的啄花，也有的打架，弄得乌牛花一朵朵散落了一地。

有两只来到石墙上，一只头顶上是浅褐色，翅羽间栗灰相间，胸白而体形丰满，另一只则略灰些，体态清瘦，我想也许它俩是一对情侣，群居中约在此处说说私密的话语。

三

林边的野蔷薇高大而蓬勃，繁盛的藤条把几棵不大的梨树、柏树裹罩其间，不知为何，几只锦鸡总喜欢落在那里，也许是旧年的籽实还存在枝条上，它们搜寻拣食，轻盈飞动，一抹红亮的颜色游走在枝藤间。

野蔷薇在家乡叫“倒挂牛”，藤条上有刺，开白花，香气馥郁。于右任写过一首诗：“陇南流水向南流，处处花开倒挂牛，消却行人无限恨，众香丛里到秦州。”秋天，蔷薇结橘红色小果，丛丛簇簇，珍珠一样，煞是好看，待到变软后是禽鸟的美食。

四

我去大水沟斜坡闲溜达，瓢子出脱得粉白鲜嫩，颗粒硕大，荒坡上密密麻麻的全是。我就坐在那里，看对面的人家，一座平房的背后燃起一缕炊烟，袅袅升腾，如今现代化的厨房鲜少见到此种温馨的景致。炊烟慢慢散开，和屋后的一片麦地连接起来，突然一阵异样的声音传入我耳中，回头一看，一棵桐树上，竟有几处小碗口大的树窟，显然是啄木鸟的杰作，这声音就是从那个最大的树窟里传出的，清晰又很杂乱，仿佛一窝小猪崽的声音，仔细分辨，才明白，可能是一窝雏鸟，一只布谷鸟来回在枯枝上端飞动。虽然是雏鸟，我也看不见它们，但那类似唤乳的声音、急于想见到树窟外大千世界的声音，一直萦绕在荒地间。

五

我在庄稼地里，总能见到大大小小的蜗牛壳，有的小如珍珠，有的大如佩环，颜色白净，里面填满了土。我用竹签一点点把土挖出来，用丝线一穿便是很美观的装饰品，只可惜现在的孩子们多不去田地间，这种田园乐趣就少得多。大多孩子缠着大人买一堆塑料玩具，往往螺丝一坏，整个玩具就废了。

蜗牛喜阴湿，水渠边的蒿草上，断续草、驴耳朵上随处可见，带着沉重的“蜗居”，缓缓地行进移走，慢是它们的生命状态，不像瓢虫总是火急火燎地奔走。蜗牛一旦走到某个部位，便探出柔软的半个身子，摇晃着头顶上的两只角，悠闲的样子。凡物种都有极致的时候，蜗牛在越僻静的地方，越有恬淡的极致。

六

收割过的麦茬地里，一只刺猬在行走，它的毛色类于蓑草，腿短，矮胖的身子探出一点尖尖的嘴巴。我跑过去围观，它一点也没有加速逃离的样子，依旧不慌不忙地行走，不知怎的，在它的领地，我反而有点发怵，怕它密如针刺的利毛像矢镞一样刺向我，它镇定地穿越麦茬地，像一个走向教堂的信徒。当它走到林地草丛中，我好奇地用树枝撩惹它，它停下来，头完全蜷缩进身体中，且毛刺鼓胀，也不叫唤，我想这就是它的自卫了，过了一会儿，我还是羞愧地丢开手里的树枝，但刺猬憨厚、谦卑、温驯的样子一直印在我的脑海里。

七

挖沙的人挖出一个大坑，坑里积满了水，下雨后水就更多了，里面有千百只小麻鱼，偶然游出一只，接着又窜出一群来，水很清澈，完全能看出小麻鱼身上的斑纹。我站在边上投下一颗石子，立马有千百同伴从石隙中跳出，像一支队伍吹响了冲锋号一样，它们同向奔游决不乱阵，黑压压一片，眼看着又不见踪影。石头是它们的部落，白鉴石的部落、团沙石的部落、青杏石的部落……部落与部落之间的路径它们一概熟悉，也有废弃的饮料瓶易拉罐之类的东西，也是一处部落，但那些部落小麻鱼似乎很少去，我想村子外的这块蓄水的沙坑就像是清澈的眼睛，如果里面的垃圾多了就会使它患了愈加严重的“白内障”。

八

退耕还林以来，村子里越来越不见放牧的场景了，这一带，一般都喂性温的黄牛，腰身长，弯角，一般春夏秋吃青草，冬天吃干草。春耕时间，草料里加些麦麸、玉米粒之类，这算是给它们的加餐；耕种时，圈里缰绳一解，便径直向自家地里走去，吃点草后在地边驾耕，乖巧温驯，耕种完在草坡上吃草，这时不可急于饮水，父亲说会伤水的，我想伤水就是肠胃不好了，不肯再撒欢进食，要影响后面的劳作。我跟父亲一起种地，父亲叮嘱打牛不可用粗棍，折一细柳枝即可，不伤筋骨。

父亲使牛喂牛都有他自己的一套管用的方法，从没见他因为耕作对牛凶狠过，牛与他也很有默契。牛也有灵气的，有一次，我放牛，途经一处牛死后被剥过肉的场地，牛竟然俯身缩颈而立，哞叫如咽，我也不知如何是好。

如今陇南山地到处苍山莽莽，林茂鸟鸣，荫浓花盛，屋舍井然鳞比，农家创收的多元化使传统的农耕有些舍取，放牛的似乎也少见了，但人们对牛总是怀有一种感念之情。

风中的草屑

一

麦收时间的一丛草，我倏然闻到父亲的气息。

二

好想去那块山地，但荆棘已封堵了所有的路径。

三

用手机拍照野刺玫花，不经意落下一枚花瓣，像是给我打招呼。

四

河流变成一只白色的大蜗牛，一夜之间悄然长出两条盈亮的长角来。

五

喜欢她矜持的微笑
喜欢她护持烛焰的状若围栏的手。

六

春天是一把裁纸刀
把雪这张白纸裁得又薄又小。

七

月亮像一只金红色的瓢虫
吸附在水中的一棵树上。

八

水袖在画符
水袖在灯光下失控，犹如脱缰的野马……

九

腿骨像一截风化了的草船
容易扎上风的箭镞。

十

故乡是一件古瓷，每一场雨都用胶泥开片。

十一

春天被一场雪说服
枝头上的堵头一一被打开。

十二

村庄，又圈起杏花的白墙。

十三

木匠趁着夜色回家
后面跟着尺、斧、刨及锯子
天空中撒满星星的木屑。

十四

雨像一位添草的人，在春天的豁口处把一些鲜嫩的狗尾巴草码摞在一起。

十五

用老牛的骨头煮老牛的肉
用羊皮筏子运走羊的肉身。

十六

米黄色的天空中，月亮新鲜得像一颗粘着花胎的大樱桃，皮薄、肉厚、颗大……

十七

夕阳是牧童用石头打下山的，羊是借着月亮的灯笼回到栅栏里的。

十八

低垂的竹叶上，雪像窸窸窣窣的小白鼠……

十九

游鸭把羽毛变成一只盒子，又把自己装在里面。

二十

水塘边的卷心菜，像码放整齐的瓷器；芦花像长了一地的棉花糖……

二十一

厂炉边的一轮月亮是煤灰味儿的。

二十二

天空中巨大的石磨在轰响，在屋脊上，在远处的山顶两边，挽起粗大的火绳。

二十三

山歌是黑树上的花色，山歌是梦里醒着的大山。

二十四

土豆放久了，发皱的脸上就会长出让人恐惧的獠牙。

二十五

灌木丛中的一棵枫树

像一尾跃出水面的鱼，闪耀着红色的鳞片……

二十六

兄弟们把自己涂得更黑，才可以得到一点乌鸦的食物。

二十七

槐树林是一堆绿色的酒瓶，夏天的手臂揭掉瓶盖，槐花啤酒沫一样嗞嗞冒出来。

二十八

草地上打滚的驴子，四只蹄子翻卷着满身枝杈。

二十九

缠绕我的是长麦穗的脉管……

三十

待谷禾以土的温暖，待秧苗以水的潮润，关注百姓门外的泥沙，关注牛羊干渴的嘴唇……